1893 30 Mai

VENTE DU MARDI 30 MAI 1893

HOTEL DROUOT, SALLE N° 11

CHASSES ET COURSES

(Collection d'Estampes)

EXPOSITION

Le Lundi 29 Mai 1893, de 2 heures à 5 heures

Me PAUL CHEVALLIER
COMMISSAIRE-PRISEUR
10, rue de la Grange-Batelière, 10

M. JULES BOUILLON
Md d'Estampes de la Bibliothèque nationale
3, rue des Saints-Pères, 3

CATALOGUE

D'UNE TRÈS BELLE

COLLECTION D'ESTAMPES

RELATIVES AU SPORT

CHASSES ET COURSES

DONT LA VENTE AUX ENCHÈRES PUBLIQUES AURA LIEU

HOTEL DROUOT, SALLE N° 11

Le Mardi 30 Mai 1893

à 2 heures précises

Me PAUL CHEVALLIER	**M. JULES BOUILLON**
COMMISSAIRE-PRISEUR	Md d'Estampes de la Bibliothèque nationale
10, rue de la Grange-Batelière, 10	3, rue des Saints-Pères, 3

EXPOSITION PUBLIQUE

Le Lundi 29 Mai 1893, de 2 heures à 5 heures

CONDITIONS DE LA VENTE

La vente sera faite *expressément* au comptant.

Les acquéreurs payeront en sus des adjudications *cinq pour cent.*

Toutes les Estampes composant cette Collection sont encadrées.

Paris. — Imp. de l'Art. E. Ménard et Cie, 41, rue de la Victoire.

DÉSIGNATION

ALKEN

(H.)

1 — *Hunting recollections.* Suite de six pièces en couleur, dessinées et gravées par Alken.

Très belles épreuves.

ALKEN

(D'après H.)

2 — *One of the flowers of our hunt.* A Highly cultivated full blown old English Rose. — A perfeck Pink. — A well grown sun flover. — The Dandelion. — A. Jonquill. — A Passion flower. Suite de six pièces gravées par Harris, en couleur.

Très belles épreuves.

ALKEN

(D'après H.)

3 — *The first steeple chace on record.* Ipswich, the wateringplace behing the barracks. — The large field near Biles's corner. — The last field near Nacton heath. — Nacton church and village. Suite de quatre pièces gravées par J. Harris.

Très belles épreuves en couleur.

4 — *The appointement.* Good Morning gent's. — Getting away. Tally ho. — In ful cry-yoi fornard. — The death Pull-Pull woo hoop. Suite de quatre pièces gravées par J. Gleadah, Reeve, Lewis et J. Phelps.

Très belles épreuves en couleur.

5 — *Steeple chasing illustrations.* The first hurdle. — The Brook. — In and out. — The last pence. Suite de quatre pièces gravées par Ch. Hunt.

Très belles épreuves en couleur.

ALKEN

(D'après H.)

6 — The Start. — Coming in. Deux pièces faisant pendants, gravées par J. Harris.

Très belles épreuves en couleur.

7 — A fine young english Gentleman. One of the Modern time. Gravé par Ch. Hunt.

Très belle épreuve en couleur.

8 — The Winning post. — Tattenham Corner. Deux pièces faisant pendants, gravées par W. Summers.

Très belles épreuves en couleur.

ALKEN

(D'après J. L.)

9 — Mail coach. Gravé par Dubourg, en couleur.

Très belle épreuve.

ALKEN

(D'après W.)

10 — Aylesbury grand steeple chase february 9th 1866. Suite de quatre pièces gravées par C. Bentley.

Très belles épreuves en couleur.

ALLAN

(D'après D.)

11 — The victor conducted in triumph Piazza St-Marco, gravé et publié par P. Sandby en 1781.

Très belle épreuve en couleur. Rare.

ANONYMES

12 — Le Ballon enlevé. Pièce satirique, en couleur.

Belle épreuve avant toute lettre.

13 — Coming-out-of-it.— Country-theatre. Deux pièces faisant pendants.

Très belles épreuves en couleur.

BARRETT

(D'après)

14 — Chien épagneul en arrêt devant un canard sauvage qui s'envole, gravé à la manière noire par J. Watson, 1768.

Belle épreuve.

BYRON

(D'après)

15 — Returning from a Review at the Champ de Mars in Paris, gravé par Lewis.

Très belle épreuve en couleur.

CARINGTON-BOWLES

16 — A group of well known connoisseurs at a sale of picture.

Très belle épreuve en couleur.

17 — A Lesson Westward — or A morning visit to betsy cole, en couleur.

Très belle épreuve.

CARINGTON-BOWLES

18 — Miss Wicket, and Miss Trigger, 1778, en couleur.

Très belle épreuve.

19 — Preparing to start, en couleur.

Très belle épreuve.

CHALON

(D'après J. J.)

20 — The Turnpike Gate.— The Alehouse door. Deux pièces faisant pendants, gravées par C. Turner. 1802.

Très belles épreuves en couleur. Rares.

COLLET

(D'après J.)

21 — The Pleasures of skaiting, or A view in wenter, pièce en couleur publiée par Carington-Bowles en 1780.

Très belle épreuve.

COLLET

(D'après J.)

22 — Kitty coaxer driving lord dupe, towards rotten Row. — An officier in the light infantry, driven by his lady to cox-heath. Deux pièces en couleur faisant pendants.

Très belles épreuves.

DEAN

(J.)

23 — *Leicestershire*. Symptoms of a skurry in a pewy country. — A struggle for the start. — The first ten minutes. — Shaking off the Cocktails. — The Death. Suite de quatre pièces en couleur.

Superbes épreuves. Très rares.

DEBUCOURT

(P. L.)

24 — La Course. — Fin de la course. Deux pièces d'après Vernet, faisant pendants.

Très belles épreuves en couleur. Rares.

DEBUCOURT

(P. L.)

25 — Une Course au Champ de Mars, d'après C. Vernet, en couleur.

Très belle épreuve.

26 — Course de chevaux, d'après C. Vernet.

Très belle épreuve en couleur.

27 — La Calèche, d'après C. Vernet.

Très belle épreuve en couleur.

28 — Le Chasseur. — Le Retour du chasseur. Deux pièces faisant pendants, d'après C. Vernet.

Très belles épreuves.

29 — La Chasse au renard. — Les chiens ayant perdu la trace. Deux pièces faisant pendants, d'après C. Vernet.

Très belles et rares épreuves gouachées.

DEBUCOURT

(P. L.)

30 — Les mêmes estampes.

Très belles épreuves.

31 — Le Maréchal ferrant français, d'après C. Vernet.

Très belle épreuve.

32 — Cheval qu'on bouchonne au retour d'nue course. — Cheval de retour de la chasse. Deux pièces faisant pendants, d'après C. Vernet.

Très belles épreuves, toutes marges.

33 — Les Chevaux de bateau, d'après C. Vernet.

Très belle épreuve, toute marge.

34 — Le Coup de tonnerre, d'après C. Vernet.

Très belle épreuve.

35 — Exercices de Franconi, nos 1 et 2, d'après C. Vernet. En couleur.

Très belles épreuves.

DESRAIS

(D'après C. L.)

36 — Le Départ de la chasse. — Le Rendez-vous de chasse. Deux pièces en couleur faisant pendants.

Belles épreuves.

EARLOM

(R.)

37 — Colonel Mordaunt's Cock match, at Lucknow, in the province of Sude, in the year 1786, at which were present several high and distinguished personages, 1792, d'après Zoffanyi.

Très belle épreuve. Rare.

ÉCOLE FRANÇAISE

(XVIIIe siècle)

38 — Les Incroyables. — Les Inconcevables. Deux pièces faisant pendants, très curieuses comme costumes de l'époque révolutionnaire. En couleur.

Très belles épreuves, toutes marges.

G. H. G.

39 — French Diligence. En couleur.

Très belle épreuve.

GILLRAY

(J.)

40 — A Sale of English Beauties, in the East Indies, 1786. En couleur.

Très belle épreuve. Rare.

41 — Frailties of fashion. Pièce curieuse pour les costumes, publiée en 1793.

Très belle épreuve en couleur.

42 — The Union-Club, 1801.

Belle épreuve en couleur.

43 — The Poll.

Belle épreuve en couleur.

HARDING

(Published by)

44 — Sacripant, by Rockingham. Grande pièce en largeur, gravée et imprimée en bistre, 1807.

Très belle épreuve en couleur. Rare.

HARRY-HALL

(D'après)

45 — *Meteor*. Winner of the two thousand guinea stakes at Newmarket, 1842. Gravé par G. Hunt. En couleur.

Très belle épreuve.

HERRING

(D'après J. F.)

46 — Charles XIIth and Euclid. The decisive heat for the great St Leger stakes at Doncaster, 1830. Gravé par Hunt. En couleur.

Très belle épreuve.

HERRING ET CAMPION

(D'après)

47 — Prix spécial de 5,000 francs, Chantilly, mai 1831. — Prix du Jockey-Club, 7,000 francs, Chantilly, mai 1841. Ils s'élancent. Prix spécial de 5,000 francs, Chantilly, mai 1841. Trois pièces en couleur, gravées par Hunt.

Très belles épreuves.

HOPPNER

(D'après J.)

48 — Richard Humphreys, par Young. In-fol. à la manière noire, 1788.

Belle épreuve.

HUET

(D'après J. B.)

49 — Le Petit Fermier, par Bonnet, en couleur.

Très belle épreuve.

HUNT

(CH.)

50 — The new London royal mail, commenced running January 1er 1836. — The red rover, Southampton coach. Deux pièces faisant pendants, en couleur.

Très belles épreuves.

51 — The grand military Steeple-Chase, near Newmarket, March 24th 1856. (20 horses started.) Suite de huit pièces en couleur.

Très belles épreuves. Rares.

HUNT

(CH.)

52 — The Birth day team. Pièce en largeur avec légende en bas.

Très belle épreuve en couleur.

53 — Prix spécial de 5,000 francs, Chantilly, mai 1841, d'après G. B. Campion et J. F. Herring. En couleur,

Très belle épreuve.

JAZET

54 — Préparatifs d'une course. — Le Départ. — La Course. Trois pièces d'après C. Vernet, en couleur.

Très belles épreuves.

JONES

(D'après S. J. E.)

55 — Stage-Cooch, gravé par G. Hunt.

Très belle épreuve en couleur.

LEVACHEZ

56 — La Danse des chiens, d'après C. Vernet. En couleur.

Très belle épreuve.

57 — Costumes modernes français et anglais, d'après C. Vernet. En couleur.

Très belle épreuve

58 — Le Départ du chasseur. — Les Chiens à la découverte. — La Chasse. — Le Renard pris. Suite de quatre pièces, d'après C. Vernet.

Très belles épreuves.

59 — Promenade en Guigue. — La Pêche à la ligne. — La Promenade du matin. Trois pièces en couleur, d'après C. Vernet.

Très belles épreuves.

60 — Cinq pièces de la troisième et quatrième Suite de chevaux, d'après Carle et Horace Vernet. En couleur.

Très belles épreuves.

**

MONGIN

61 — Madame la Duchesse de Berry aux montagnes d'Auvergne. Lithographie coloriée.

Très belle épreuve.

MORIER

(D'après D.)

62 — A Pair of Hunters, gravé par J. Burford.

Très belle épreuve, en couleur.

MORLAND

(D'après G.)

63 — Hare Shooting. — Wood-Coock Shooting. — Wood-Cock and Pheasant Shooting. Trois pièces en couleur, sans nom de graveur.

Très belles épreuves. Rares.

64 — Going out. — The fox in sight. — Entering cover. — The return. Suite de quatre pièces gravées par J. Wright, en couleur.

Très belles épreuves.

MORLAND

(D'après G.)

65 — An ass race. — A mad bull. Deux pièces en couleur gravées par W. Ward. 1789.

Très belles épreuves.

66 — Le Départ pour la chasse, en couleur.

Très belle épreuve, sans marge.

67 — Snipe schooting, pièce sans nom de graveur, en couleur.

Très belle épreuve.

MORLAND

(G.)

68 — Evening, gravé par Morland et terminé à l'aquatinte par Alken, en couleur.

Très belle épreuve.

MORLAND ET IBBESTON

(D'après)

69 — Partridge shooting. — Snipe shooting. — Pheasant shooting. Trois pièces gravées par Catton et R. Dodd.

Très belles épreuves en couleur.

NEWHOUSE

(D'après C.)

70 — Opposition coaches at speed, gravé par F. Rosenberg. 1852.

Très belle épreuve en couleur.

NEWTON

(R.)

71 — A White sergeant; or Special Messenger! Pièce publiée en 1794.

Très belle épreuve en couleur.

OUDRY

(D'après J. B.)

72 — La Chasse au cerf, par N. C. Silvestre.

Très belle épreuve avant la lettre, marge.

PAUL

(D'après T. D.)

73 — *A Trip to Melton Mowbray*. (Un Petit voyage à Melton Mowbray.) Suite de douze pièces en couleur, en forme de frises, représentant les inconvénients des voyages en voitures, courses, etc.

Superbes épreuves. Très rares.

POLLARD

(J.)

74 — The New general post office. London 1849, en couleur.

Très belle épreuve. Rare.

POLLARD

(D'après J.)

75 — *Doncaster races. Race for the great Saint-Leger Stakes*, 1836. Suite de quatre pièces gravées par Harris, en couleur.

Très belles épreuves.

76 — *Scenes on the road or a trip to Epsom and Back.* Hyde park Corner. — The Lord Nelson inn, cheam. — The Cock, at Sutton. — Kennington gate. Suite de quatre pièces gravées par J. Harris, en couleur.

Très belles épreuves.

77 — *The Aylesbury grand Steeple-chasse. The Light Weight Stake.* Suite de quatre pièces gravées par J. Harris.

Très belles épreuves en couleur.

POLLARD

(D'après J.)

78 — The Royal Mails departure from the general post office. London. Gravé par Reeve, en couleur.

Très belle épreuve.

79 — Goodwood races, par H. Pyall, en couleur.

Très belle épreuve.

80 — A View on the highgate road. Gravé par G. Hunt, en couleur.

Très belle épreuve.

81 — Saint-Albans, grand Steeple-chase. March. 8th 1832. Gravé par G. et C. Hunt, en couleur.

Très belle épreuve.

82 — Four in hand, en couleur.

Très belle épreuve.

POLLARD

(D'après J.)

83 — The Edinburgh express, par C. Hunt.

Très belle épreuve en couleur.

84 — Quicksilver royal mail, gravé par C. Hunt.

Très belle épreuve en couleur.

85 — La même estampe.

Très belle épreuve en couleur.

86 — The Liverpool Umpire, gravé par G. Hunt.

Très belle épreuve en couleur.

PORTER

(D'après R. K.)

87 — Loyal Associated ward and volunteer corps of the city of London. — Loyal Associated and volunteer corps of the city of Westminster. Deux pièces faisant pendants, gravées par M. Place, en couleur.

Très belles épreuves. Rares.

ROBINEAU

(D'après)

88 — The Assault or fencing-Match which took place between Mademoiselle la chevalière d'Eon de Beaumont and Monsieur de Saint-George, on the 9th of april 1787 at Carlton-House, in the presence of his Royal Highness, several of the nobility, and many eminent fencing masters of London, gravé par V. M. Picot, et publié en 1789.

Très belle épreuve. Rare.

ROSENBERG

(C.)

89 — Calèche à quatre chevaux. 1789. Pièce en forme de frise.

Très belle épreuve en couleur.

ROWLANDSON

(T.)

90 — Mr H. Angelo's fencing Academy. Cette pièce, une des plus intéressantes de l'artiste, représente le grand assaut donné dans la salle d'armes d'Angelo, par la chevalière d'Eon de Beaumont et le sergent Léger, soldat aux gardes ; elle est gravée à l'eau-forte par le maître et terminée à l'aquatinte par Rosenberg.

Très belle épreuve en couleur. Rare.

91 — The Assaut, or fencing Match, which took place at Carlton House, on the 9th april, 1787, between Mademoiselle la chevalière d'Eon de Beaumont, and Monsieur de Saint-George, in the presence of his Royal Highness the Prince of Wales, several of the nobility and many eminent fencing Masters of London.

Très belle épreuve en couleur. Rare.

92 — An Italian family.—A french family. Deux pièces faisant pendants, gravées par S. Alken. 1786.

Très belles épreuves en couleur. Rares.

ROWLANDSON

(T.)

93 — Damp sheets. — House-Breakers. Deux pièces faisant pendants, terminées à l'aquatinte, par Malton.

Très belles épreuves en couleur.

94 — Dressing for a Birthday, 1788, en couleur.

Très belle épreuve. Rare.

95 — Tea on Shore, en couleur.

Très belle épreuve. Rare.

96 — A Kick-up at a hazard table! 1790, en couleur.

Très belle épreuve. Rare.

97 — Four o'clock in Town. — Four o'clock in the Country. Deux pièces faisant pendants.

Très belles épreuves en couleur.

ROWLANDSON

(T.)

98 — Transplanting of teeth, 1787.

Très belle épreuve en couleur. Rare.

99 — The Margate Hoy. Pièce publiée en 1795.

Très belle épreuve en couleur. Rare.

100 — The Refreshment, 1788, en couleur.

Très belle épreuve. Rare.

101 — The Breakfast, 1789, en couleur.

Très belle épreuve.

102 — Différent sensations. Waiting for dinner. — At dinner. — After dinner. — Preparing for supper. Suite de quatre pièces gravées par J. Alken et imprimées sur une même feuille, en couleur.

Très belles épreuves.

103 — A confortable nap in a post chaise. — After dinner. Deux pièces, en couleur.

Très belles épreuves.

ROWLANDSON

(T.)

104 — College Jockies. The Landlord Sweating for his castle, en couleur.

Très belle épreuve.

105 — Chasse au cerf, la rivière traversée, 1787.

Belle épreuve en couleur.

SARTORIUS

(D'après)

106 — A Race over the Round Course at]Newmarket for the King's plate. — A Race over the beacon Course at Newmarket. Deux pièces faisant pendants, gravées par R. Houston, en couleur.

Très belles épreuves.

SEYMOUR

(J.)

107 — A Standing leap at a gate.

Très belle épreuve, en couleur.

SHAYER

(D'après W. J.)

108 — The Duke of Beaufort Coach Starting from the Bull and Mouth. Regent's circus Piccadilly. Gravé par Ch. Hunt, en couleur.

Très belle épreuve.

STUBBS

(D'après G.)

109 — *Eclipse*. The Property of Denes O'Kelly Esqr. Gravé en couleur, par Burke.

Superbe épreuve. Très rare.

110 — Protector, par C. H. Hodges, 1790.

Belle épreuve.

SWANDALE

(D'après G.)

111 — Foig-a-Ballagh, 1844, Winner of the great Saint-Leger Stakes at Doncaster. Gravé par C. Hunt, en couleur.

Très belle épreuve.

SWEBACH-DESFONTAINES

112 — Course de chevaux. Lithographie coloriée.

Belle épreuve.

TURNER

(D'après F C.)

113 — *The Liverpool great National Steeple-chase, 1839*. Suite de quatre pièces gravées par Harris, en couleur.

Superbes épreuves. Très rares.

114 — *Female Equestrians*. The Park. — The Road. — The School. — The Field. Suite de quatre pièces gravées par C. Hunt.

Très belles épreuves en couleur.

VERNET

(C.)

115 — Les Chasses du duc de Berry. Suite de quatre pièces.

Très belles épreuves rehaussées de blanc.

VERNET

(D'après C.)

116 — La Danse des chiens, gravé en couleur par Levachez.

Très belle épreuve en couleur, sans marge.

117 — Grand Départ de chasse, gravé par Coqueret.

Très belle épreuve. Rare.

118 — Préparatifs d'une course. — Le Départ. — La Course. — Les Suites d'une Course. Suite de quatre pièces gravées par Jazet.

Très belles épreuves.

119 — Courses de chevaux.— Les Apprêts.— Le Départ. — L'Arrivée. Trois pièces gravées par Debucourt.

Très belles épreuves avant toutes lettres, en couleur.

VERNET

(D'après H.)

120 — Chasse au canard. — L'Hallali. Deux pièces faisant pendants, gravées par S. W. Reynolds.

Très belles épreuves avant la lettre.

WARD

(W.)

121 — Monsieur de Saint-George, d'après Brown, publié en 1788. In-fol. en couleur.

Très belle épreuve. Rare.

WOLSTENHOLME

(D'après D.)

122 — *The first of September*. Suite de quatre pièces, sujets de chasses, gravées par Reeve. En couleur.

Superbes épreuves. Très rares.

123 — *The first of September*. Suite de quatre pièces, sujets de chasses, gravées par Reeve. En couleur.

Superbes et très rares épreuves avant la lettre.

WOLSTENHOLME

(D'après D.)

124 — *Shooting*. Game found. — Breaking cover. — Running. — Coursing. The Hares Last effort. Quatre pièces gravées par Himely.

Très belles épreuves en couleur.

125 — Fox Hunting. — Partridge Shooting. Trois pièces gravées par T. Sutherland et publiées en 1817 et 1820.

Très belles épreuves en couleur.

WOODWARD

(D'après)

126 — Lloyd's Coffee House. Pièce en largeur, gravée à l'aquatinte et publiée en 1798.

Très belle épreuve en couleur. Rare.

TABLEAUX

LEPAULLE

127 — Courses. Le Départ. — L'Arrivée.

Deux peintures sur toile faisant pendants.

Haut., 63 cent.; larg., 63 cent.

ANONYME

128 — La Barrière franchie.

Toile. Haut., 30 cent.; larg., 42 cent.

DESSINS

SWEBACH-DESFONTAINES

129 — Officier russe dans une calèche à quatre chevaux traversant un village de Russie.

Dessin à la plume et lavis d'aquarelle. Signé.

130 — Fin d'une course.

Dessin au lavis d'encre de Chine.

ROWLANDSON

(T.)

131 — Jockeys arrivant à l'auberge.

A la plume et lavis d'encre de Chine et d'aquarelle.

RED. :

16

MIRE ISO N° 1
NF Z 43-007
AFNOR
Cedex 7 - 92080 PARIS-LA-DÉFENSE

379.89.70
graphicom

0 1 2 3 4 5 6 7 8 9 10

www.ingramcontent.com/pod-product-compliance
Ingram Content Group UK Ltd.
Pitfield, Milton Keynes, MK11 3LW, UK
UKHW032014260826
14628UKWH00005B/2497

9 782329 344645